_____ 님께

소중한 마음을 담아 드립니다.

20 . . .

_____ 드림

사랑해야
운명이다

초판 1쇄 발행 2015년 7월 17일
2쇄 발행 2016년 10월 17일

지은이 김창수 · **발행인** 권선복 · **편집주간** 김정웅 · **디자인** 김소영 · **전자책** 천훈민
마케팅 권보송 · **발행처** 도서출판 행복에너지 · **출판등록** 제315-2011-000035호
주소 (157-010) 서울특별시 강서구 화곡로 232 · **전화** 0505-613-6133 · **팩스** 0303-0799-1560
홈페이지 www.happybook.or.kr · **이메일** ksbdata@daum.net

값 12,500원

ISBN 979-11-5602-269-5 03810
Copyright ⓒ 김창수, 2015

도서출판 행복에너지는 독자 여러분의 아이디어와 원고 투고를 기다립니다. 책으로 만들기를 원하는 콘텐츠가 있으신 분은 이메일이나 홈페이지를 통해 간단한 기획서와 기획의도, 연락처 등을 보내주십시오. 행복에너지의 문은 언제나 활짝 열려 있습니다.

한국 HRD대상 명강사 대상 김창수 희망이야기!

사랑해야
운명이다

김창수 지음

도서
출판 행복에너지

프롤로그

사랑해야 운명입니다!

지방대를 졸업하고 모든 면에서 부족한 제가
16년 동안 대우건설 가족으로
대우건설과 함께할 수 있어 행복했습니다.

오직 한길만을 보고 16년 동안 달려왔습니다.
하지만 16년 근무한 대우건설에서 남은 것은
병원비와 생활비, 2억 원 남짓한 빚이 전부였습니다.

2013년 12월 16년 정든 회사를 희망퇴직했습니다.
아무리 노력해도 점점 늘어나는 병원비와 생활비를
감당할 길이 없기에 희망퇴직을 선택한 것입니다.

단 하루만이라도 빚 없이 살아 보고 싶었습니다.
퇴직금과 희망퇴직금으로 빚을 청산하고

대기업 차장이 아닌 프리랜서 강사가 되었습니다.

16년 근무한 대우건설 희망퇴직금을 받은 날.
딱 하루는 통장이 채워진 것 같아 행복했습니다.
16년 쌓인 빚더미 갚고 나니 통장은 원점입니다.

1년에 8천만 원~1억 원 정도 병원비와 생활비는
빚 청산과 상관없이 주어진 냉정한 현실입니다.
그럼에도 불구하고 기필코 '내일은 희망'입니다.

희귀병, 암, 치매로 투병 중인 4명의 가족.
오늘 하루 살아서 함께 숨 쉴 수 있는 것이
저희 가족에게 절실한 희망이고 크나큰 행복입니다.

하루하루 희망으로 살아가는 가족의 투병기에 비하면
제가 짊어진 짐은 한낱 푸념에 불과한 것이며
보잘것없는 푸념이 희망을 흔들 수 없는 일입니다.

하루하루 살아가는 것에 감사하는 마음으로
세상과 조금이나마 나누고자 봉사활동을 하고

지금까지 총 122회 사랑 나눔 헌혈을 실시했습니다.

또한 대한적십자사 혈액관리본부 홍보위원으로
주말에 헌혈의집에서 헌혈의 중요성을 알리며
총 230회 길거리 헌혈홍보를 실시하고 있습니다.

책을 출간해 돈을 좀 더 벌어 빚을 갚아볼 요량으로
운명보다 강한 열정(2009), 10년의 기다림(2011),
보리밭 인생(2013), 생각을 벗어라(2013)를 출간했습니다.

일반인들은 책을 내면 돈을 많이 번다고 생각합니다.
저 또한 그렇게 생각하고 4권의 책을 출간했습니다.
하지만 그것은 극히 어려운 것임을 알게 되었습니다.

두렵다고 계속 그 자리에 머물러 있어서는
해결할 방법이 그 어디에도 없음을 잘 알기에
대기업 차장이라는 든든한 울타리를 벗었습니다.

배운 것이 도둑질이라고 16년 근무한 대우건설에서
최근 9년 동안은 사내강사로 활동했기에

앞으로도 강의를 해서 먹고살아갈 생각입니다.

도전에는 한계가 없습니다.
도전하는 마음에는 돈이 들지 않습니다.
저는 오늘도 도전이란 이름으로 살고 있습니다.

대기업 차장과 프리랜서 강사 중에 뭐가 좋으냐?
어차피 둘 다 함께할 수 없는 것이라면
저는 강사의 길을 거침없이 걷고자 합니다.

16년 동안 대기업 차장으로 살아 보았으니
앞으로 16년은 프리랜서 강사로 살아 보겠습니다.
세월이 약이라 생각하며 오롯이 한길로 가겠습니다.

대기업이란 울타리를 벗어던지고
홀연히 혼자의 길을 걷는 지금이 또 다른 희망이라 믿습니다.
하지만 하루하루가 숨 막히듯 힘든 것도 사실입니다.

때론 눈물도 있고,
때론 희망도 있고,

하지만 결코 포기하지 않는 이야기를 나눌까 합니다.

살아가는 하루하루의 열정을 담아보고자 합니다.
슬픔을 나누면 반이 되고,
희망을 나누면 배가 되는 진실을 믿습니다.

항상 보내주신 관심과 배려에 감사드립니다.
앞으로도 변함없는 관심과 배려를 부탁드립니다.
언젠가 감사의 큰절 올릴 그날을 기대합니다.

2015. 6

목차

사랑해야
운명이다

너희들은 아니?

너희들은 아니?
광진교를 홀로 걷는 이 마음?

여관방 인생

창수는 여관방 인생.
여관방 백열등이 춤을 춘다.

16년 직장생활 중 10년은 강의인생.
1년에 200일 강의출장, 100일은 여관방 생활.

16년 근무한 대우건설을 희망퇴직한 2014년.
오늘도 어김없이 여관방 백열등이 춤을 춘다.

강의인생 10년을 더하고 새로운 강의인생!
오늘은 대구 하늘 아래서 백열등과 친구가 된다.

해운대 밤바다

해운대 밤바다 낭만이 넘친다.
해운대 밤바다 온정이 가득하다.
해운대 밤바다 인생이 춤춘다.

사랑해야
운명이다

식사하셨습니까?

하얀 쌀밥에 맛난 반찬 드셨습니까?
따뜻한 국 한 그릇에 온기를 느끼셨습니까?

차려주는 따뜻한 밥 16년 동안 먹었습니다.
16년 정든 회사를 떠나니 그 밥이 그립습니다.

오늘도 하얀 쌀밥 먹었습니다.
냉수 한 잔을 따뜻한 국이라 생각하고 먹었습니다.

먹기 위해 살고 있습니까?
살기 위해 먹고 있습니까?

하얀 쌀밥 살기 위해 먹었습니다.
정성 가득한 김치가 있어 행복합니다.

지나면 그리운 추억이 되겠지요!
찰나와 같은 인생 사랑하며 살고자 합니다.

희망을 담을까요?

무엇을 담을까요?
어떻게 비울까요?

담았더니 비워지네요.
비웠더니 담아지네요.

담으면 비워지는 진실을 알았습니다.
비우면 담아지는 진실을 알았습니다.

담고 비워짐이 하나임을 느꼈습니다.
무엇을 담고 비워야 할지 느꼈습니다.

인생은 빈손임을 알아갑니다.
어차피 빈손임을 알아갑니다.

사랑해야
운명이다

비우고 버리고 정리할 인생입니다.
희망이 포기보다 옳은 이유입니다.

담을 것이라면 희망이어야 합니다.
비울 것이라면 포기이어야 합니다.

창수의 통장

통장은 가득가득 채워야 맛이다.
채워서 차도 사고 집도 사야 재미다.

남들은 채우는 재미로 산다.
나는 갚아가는 재미로 산다.

16년 근무한 대우건설 희망퇴직금 받은 날.
딱 하루는 통장이 채워진 것 같아 행복했다.

16년 쌓인 빚더미 갚고 나니 통장은 원점이다.
갚았으니 오늘부터는 채우는 재미로 살아보자.

16년 전 원점에서 희망으로 다시 시작하자.
열정 가득한 20대 청춘으로 다시 시작하자.

지나간 세월을 돌이켜 무슨 의미가 있고,
세월만큼 먹어버린 나이는 무슨 의미겠는가?

단지 다르게 살아가는 인생일 뿐이다.

결코 틀린 인생은 아니기에 행복하다.

빈 통장으로 왔다 빈 통장으로 가는 인생.

채우고 비움이 무엇이 그리 중요하겠는가!

혼자서 가라

그 길 혼자서 가라.
뒤돌아 볼 여유는 잠시 접어두고,
흔들림 없이 굽힘없이 나아가라.

가다가 돌부리를 만나도,
가다가 진흙탕을 만나도,
그 길 오롯이 혼자서 가라.

그 길 앞장서 가라.
외롭다 투정 부릴 어리광은 놓아두고,
거침없이 머뭇거림 없이 앞장서 가라.

가다가 손가락질을 받아도,
가다가 시기 질투에 억울해도,
그 길 끝까지 앞장서 가라.

혹한의 겨울이 지나 따뜻한 봄이 오듯,

지독하게 눈물겨운 시간이 지나면,

보란 듯 웃을 수 있는 희망이 올 것이다.

사랑해야
운명이다

추억이 좋더라

양주에 폭탄주.
화려한 그날 밤이 좋더냐?

김치전에 막걸리.
비 내리는 선술집이 좋더라.

두부김치에 소주.
마음 나누는 사람이 좋더라.

울고 웃는 세상살이.
지나면 그리울 추억이 좋더라.

인생은 혼자다

강의하고,
봉사활동하고,
멋진 뒤풀이하고,
그리고 혼자다.
그래서 인생은 혼자다.

당당함

여태껏 그러했듯이,
오늘도 그러하며,
내일도 그러할 것이다.

사랑해야
운명이다

정치란 무엇입니까?

정치는 지식입니까?
정치는 지혜입니까?

정치는 머리로 하는 것입니까?
정치는 가슴으로 하는 것입니까?

정치는 싸움입니까?
정치는 화합입니까?

정치는 이기는 것입니까?
정치는 져주는 것입니까?

정치는 권력을 위한 것입니까?
정치는 민초를 위한 것입니까?

무지한 창수가 감히 여쭤봅니다.
올바른 정치란 도대체 무엇입니까?

강의 인생

강의 인생은 창수의 운명입니다.
역마살 인생은 창수의 팔자입니다.

역마살 인생 뭐가 그렇게 좋으냐구요?
운명이 팔자를 만나니 마냥 행복합니다.

대한민국 방방곡곡이 고향같이 편안합니다.
전국구 강의 인생 창수는 하루하루가 즐겁습니다.

행복이 뭐 별거 있습니까?
오늘 하루 즐거우면 행복한 것이지요.

슬퍼하지 마라

금메달을 빼앗겼다고 슬퍼하지 마라.
소치에서 억울하게 빼앗긴 금메달은
평창에서 당당하게 되찾으면 그만이다.

다케시마로 더럽혀졌다고 슬퍼하지 마라.
그놈들에게 지난 36년 동안 잠시 빌려줬지만
독도는 수천 년을 함께한 대한민국 영토이다.

대한민국이 힘없다고 슬퍼하지 마라.
우리가 힘없다고 슬퍼하면 슬퍼할수록
우리를 지켜보는 그놈들은 노래를 부를 것이다.

들불처럼 일어나 나라를 구한 민초들의 역사가
대한민국의 당당한 역사임을 우리는 알고 있기에
대한민국 국민의 당당한 이름으로 다시 시작하자.

사랑해야
운명이다

혼자 여행

사랑은 둘이라야 느낄 수 있지요.
여행은 혼자라도 즐길 수 있어요.

사랑은 혼자라면 외로워 울지요.
여행은 혼자라서 추억을 더해요.

사랑은 마음이 통해야 시작하지요.
여행은 마음만 있어도 출발하지요.

사랑은 때론 사랑으로 상처받지요.
여행은 상처받은 사랑을 치유하지요.

앞만 보고 열심히 달려왔네요.
잠시 쉬어가는 여행이 힐링입니다.

덕수궁 돌담길

역사란

과거의 사실과 사건을

현재의 관점에서

미래지향적으로 바라본 것입니다.

역사와 함께한 덕수궁 돌담길.

오늘의 한 걸음이

감히 역사에 기억되길 바라며

덕수궁 돌담길을 걷고 있습니다.

사랑해야
운명이다

기다림이 보약

때론 기다림이 약입니다.
봄이 오는 소리가 들리나요?

희망의 봄이 저 산 너머 오네요.
기다림이 따뜻한 봄을 선물하네요.

혈액독립

대한독립 만세 만세 만세!

말을 빼앗기고
글을 빼앗기고
이름을 빼앗긴 가슴 아픈 역사.

피와 목숨을 바쳐 이룩한 대한독립.
결코 잊지 말아야 할 우리의 역사이기에
대한독립 만세를 목청껏 외칩시다.

대한민국이 혈액수입국임을 아시나요?
대한민국이 혈액독립이 되는 그날까지
대한민국 혈액독립을 목청껏 외칩시다.

헌혈의 필요성을 느끼지 못하신다면
서대문형무소 그 길을 따라 걸어보세요.
혈액독립국이 되어야 하는 이유를 느껴보세요.

행복한가요?

배 한 척 없는 저 한강이 외로운가요?

구름 한 점 없는 서울 하늘이 외로운가요?

광진교를 홀로 걷는 창수가 외로운가요?

아니면 모두 다 무지무지 아름답고 행복한가요?

사랑해야
운명이다

한잔

한잔.
두잔.
세잔.
짠하다!

커피 한잔

너는 촉촉하고
너는 부드럽고
너는 따뜻하고

나는 너를 느끼고
너는 나를 느끼고
우린 하나가 된다.

미안합니다

동생은 오늘도 살기 위해 수혈합니다.

2011년 어머니의 골수를 이식받은 동생.

힘겨운 하루하루를 희망으로 살아갑니다.

희망이 있기에 오늘 하루도 버틸 수 있습니다.

아무것도 해줄 수 없는 저는 마음이 아픕니다.

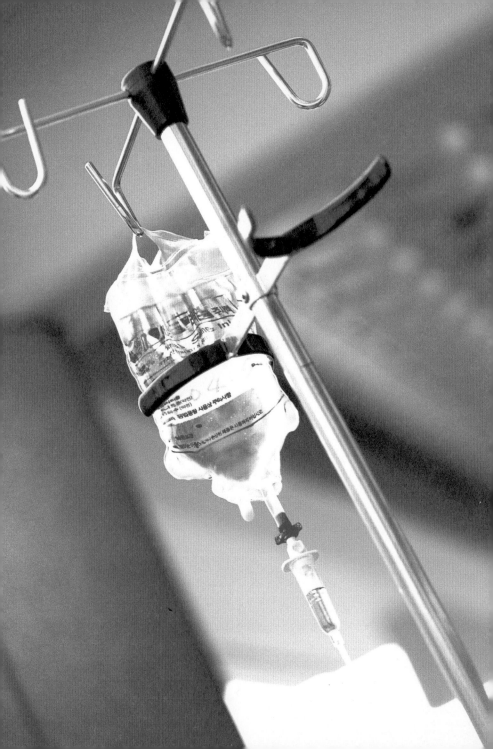

사랑해야
운명이다

믿음

사랑에 배신을 당해보았습니다.
사람에 배신을 당해보았습니다.
눈물에 배신을 당해보았습니다.

하지만 믿음은 배신하지 않았습니다.
김창수 이름에 대한 스스로의 믿음은
끝까지 배신하지 않고 지켜주었습니다.

잘 살고 있습니까?

결혼은 했습니까?

마흔 셋 아직 노총각입니다.

아이는 있습니까?

결혼을 못 했으니 당연히 없습니다.

멋진 차는 있습니까?

중고차 세워두고 전철 타고 다닙니다.

좋은 집은 있습니까?

원룸 전세 놓고 단칸방에 살고 있습니다.

잘나가는 직장은 있습니까?

16년 근무한 대기업 희망퇴직하고 백수입니다.

앞으로 계획은 있습니까?

그저 밥이나 먹고 살았음 좋겠습니다.

제가 여쭤봅니다.

모든 것을 다 가진 당신은 행복합니까?

창수는 별 볼 일 없는 마흔 셋 노총각이지만

내일은 희망이라는 믿음이 있어 행복합니다.

행복이 뭐 별거 있습니까?

희망 하나 있음 행복한 삶이겠지요.

사랑해야
운명이다

그리움

외로워서 그리움이 쌓이고
그리움이 더해서 사랑이 싹튼다.

부족함이 간절함을 만들고
간절함이 더해서 희망이 생긴다.

사랑은 외로움의 꽃이고
희망은 부족함의 열매다.

외롭고 부족해서 슬퍼하지 마라.
지나면 모두 다 그리운 추억이다.

수요일엔 뭐 하나요?

수수한 사랑하나요?

수수께끼 같은 사랑하나요?

수없이 그리운 사랑하나요?

지금

황금이 소중한가요?

소금이 소중한가요?

지금이 소중한가요?

지하철

아빠와 꼬마아가씨 딸이 앉아 있다.

딸은 아빠랑 이야기를 하고 싶다고 하는데.

아빠는 묵묵히 앉아 게임 삼매경이다.

결혼하고 딸이 생기면 좋은 아빠가 되어야겠다.

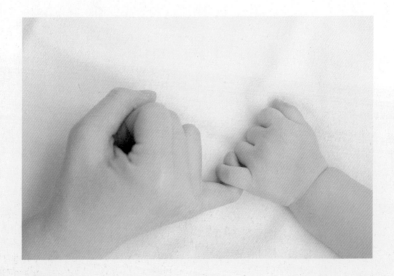

사랑은

봄꽃처럼 아름답고,

호수처럼 고요하고,

파도처럼 일렁이고,

화산처럼 타오른다.

불효자는 웁니다

어머니의 일흔세 번째 생신날
마흔셋 노총각 아들은 웁니다.

사랑으로 정성으로 키워주신 은혜
무엇 하나 해드린 것이 없어 웁니다.

그토록 원하시는 착한 며느리
내년에는 꼭 보여드리고 싶습니다.

올해도 내년을 기약하며
마흔셋 노총각 아들은 웁니다.

사랑해야
운명이다

희망특강

창수는 대우건설에서 강의로 먹고살았습니다.
희망 퇴직한 대우건설에서 강의로 불러주시네요.

16년 정든 대우건설에서 희망특강을 시작합니다.
잊지 않고 초대해주신 이종만 상무님 감사합니다.

강의를 해야 먹고 사는 강의 인생 창수의
희망특강은 오늘도 쉼 없이 전국으로 달려갑니다.

사는 것이 힘드나요?

사는 것이 힘드나요?
저도 사는 것이 힘듭니다.
사는 것이 쉬운 사람이 몇이나 되겠습니까?

힘들면 때론 쉬어도 보고,
힘들면 때론 울어도 보고,
그래도 힘들면 한 잔 술에 취해도보구요.

쉬어가는 오늘이 추억이 되고,
눈물짓는 오늘이 보약이 되고,
한 잔 술에 취하는 오늘이 희망이 되겠지요.

혹한의 겨울이 지나 봄이 오듯이,
가슴 저린 오늘이 지나 밝은 내일이 오고,
눈물 젖은 한 잔 술이 흘러 희망의 날이 오겠지요.

공짜 남자

창수는 16년 근무한 대기업을 그만둔 노총각 강사.
고객이 불러주시면 무조건 달려가는 희망특강 강사.
아주 비싼 희망특강 강사라는 선입견은 버려주세요!
창수는 재능기부로 나눌 줄 아는 때론 완전 공짜 남자.

눈물과 한숨

푸른 바다에 눈물이 가득합니다.
파란 하늘에 한숨이 가득합니다.
눈물과 한숨이 희망이 되길 기원합니다.

숨 좀 쉬고 살자

숨 좀 쉬고 살자!
권력을 가진 그대들은 아는가?
목 놓아 울고 싶어도 울지 못하고
하루하루 숨죽여 간절히 기다리는 마음!
제발 부탁이니 오늘 하루 숨 좀 쉬고 살자.

진실만이 희망입니다

진실을 향한 국민의 눈과 귀를 막는다면
권력을 가진 자들이 통치하기는 쉽겠지만
결코 국가의 희망찬 미래는 없을 것입니다.

국민이 올바른 진실을 알 수 있는 권리
그것이 국가가 국민을 위한 당연한 의무입니다.
푸른 바다에 한 점 의혹이 없기를 간절히 바랍니다.

사랑해야
운명이다

그립습니다

그립습니다.
사람 사는 세상이 그립습니다.
사람이 사람답게 사는 세상이 그립습니다.

마음 편한 세상

비행기, KTX, 우등버스의 불편한 교통비.
마음 편한 일반버스로 서울로 출발합니다.
국민 모두가 똑같이 대우받는 세상을 희망합니다.

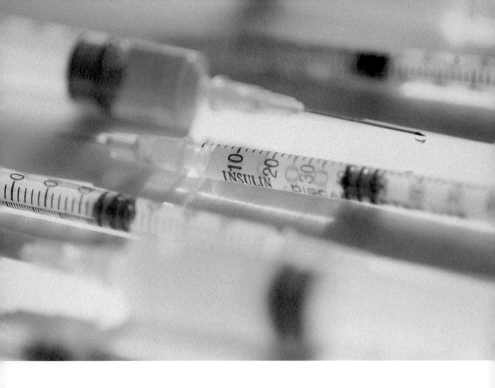

힘내자구요

서울대학교병원 암병원입니다.

저희 가족도 힘내겠습니다.

힘들어도 우리 함께 힘내자구요.

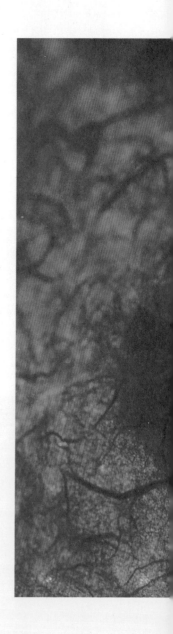

120회 헌혈

하다 보니 120회가 되었습니다.
할 수 있어 감사하고 행복합니다.
나눌 수 있어 감사하고 행복합니다.

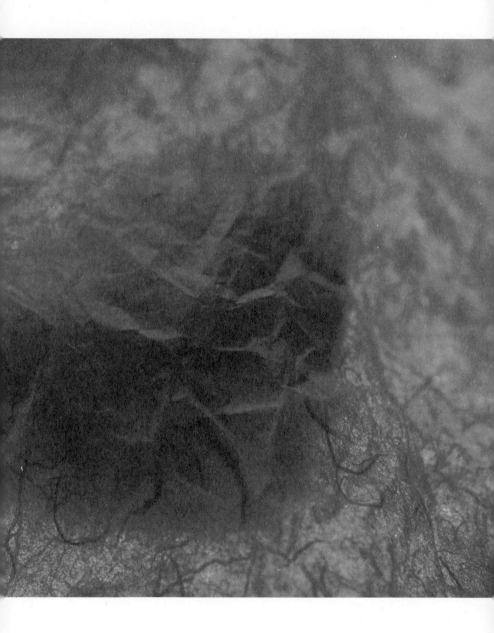

5월 1일

창수는 바보입니다!
헌혈하러 헌혈센터에 왔는데.
근로자의 날이라 오늘은 쉬는 날이네요.
회사 그만둔 5개월이 지난 창수의 일상입니다.

3000원 인생

선술집 막걸리 한 병 3000원.

분식집 라면 한 그릇 3000원.

시장통 오이 한 봉지 3000원.

3000원 막걸리 한 병은 삶의 보약.

슬픔은 반이 되고 기쁨은 배가 되는 보약.

막걸리 한 병에 웃고 웃는 창수는 3000원 인생.

3000원 라면 한 그릇은 풍성한 밥상.

허기진 배를 채우고 희망을 주는 진수성찬.

라면 한 그릇에 희망을 찾는 창수는 3000원 인생.

3000원 오이 한 봉지는 맛난 간식.

어린 시절이나 지금이나 최고의 간식.

오이 한 봉지에 마냥 행복한 창수는 3000원 인생.

사랑해야
운명이다

희망 바람

슬픔을 함께 나누는 것만큼 중요한 것이 있습니다.
슬픔을 오랫동안 기억하고 함께 반성하는 일입니다.
다시는 이러한 슬픔이 반복되지 않기를 기도합니다.

슬픔을 극복함에 있어 때론 또 다른 희망이 약입니다.
우리의 삶이 희망이어야 하는 것에 이유는 없습니다.
이 순간부터 우리의 삶은 무조건 희망이어야 합니다.

어제의 슬픔은 반드시 내일의 희망이 될 것입니다.
대한민국 방방곡곡에 희망 바람이 불어올 것입니다.
저도 최선을 다해 희망특강을 다시 시작하겠습니다.

사람이 희망입니다

희망을 버리지 마세요.
사람이 기필코 희망입니다.

슬픔이 가득한 자리에
희망을 조금씩 채워 가면 어떨까요?

하루하루 숨 쉬기조차 힘들겠지만
사람이 희망의 꽃이라 믿어보면 어떨까요?

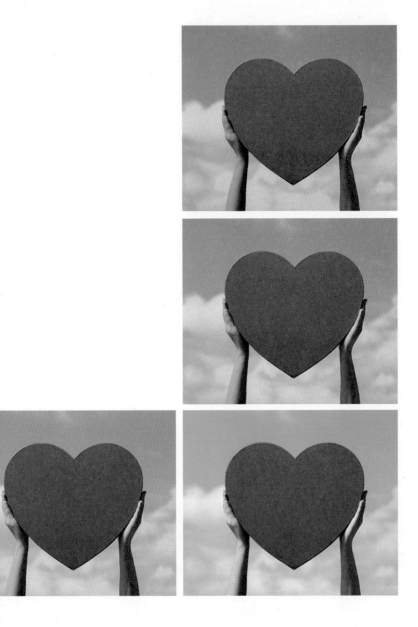

사랑해야
운명이다

정년제

고용에는 정년이 있고
정치에는 정년이 없지요?

정치에 정년제가 생긴다면
어떤 변화가 있을까요?

할 줄 아는 게 뭐냐?

할 줄 아는 게 뭐냐?
사람들이 창수에게 물어보네요.

골프 칠 줄 아나?
리비아사막에서 벙커는 많이 보았어요.

스키 탈 줄 아나?
어릴 적 고향에서 썰매는 많이 탔어요.

클럽에 갈 줄 아나?
나이트클럽은 몇 번 가보았어요.

와인은 마실 줄 아나?
막걸리는 제법 마실 줄 알아요.

이번에는 제가 여쭤봅니다.
혹시 헌혈해 보신 적 있어요?

손수건

20여 년 전 대학 시절 손수건은 아픈 역사였습니다.
세월이 지나 아픈 역사는 희망의 꽃이 되었습니다.

희망이 가득해야 할 5월에 아픈 역사가 생각납니다.
5월의 그날들이 다시 생각나는 이유는 무엇일까요?

희망이 넘쳐야 할 5월의 바다에 눈물이 가득합니다.
작금의 상황에 기필코 진실만이 희망이어야 합니다.

사랑해야
운명이다

어버이날

어버이날 불효자 창수는 웁니다.
어버이가 되지 못한 마흔셋 노총각 창수는 웁니다.

크나큰 은혜에 감사한 마음 가득한 어버이날
카네이션 한 송이 드리지 못하는 불효자는 웁니다.

무한한 사랑으로 키워주신 부모님 사랑에
무엇 하나 해드린 것이 없는 불효자 창수는 웁니다.

외로움과 그리움

외로워서 사랑이 그립습니다.
가난해서 부자가 부럽습니다.

백수라서 직장이 그립습니다.
못생겨서 미남이 부럽습니다.

촌놈이라 고향이 그립습니다.
셋방이라 큰집이 부럽습니다.

그립고 부러워서 아파하지만,
희망을 나누면서 살아갑니다.

강의영업

강의도 영업이란 현실을 실감합니다.
항상 당당하게 하지만 때론 굽신굽신.

굽신거려서 희망을 전할 수 있다면야
천 번이고 만 번이고 굽신거려야지요.

전국에 희망을 전하기 위한 강의영업.
오늘도 행복한 마음으로 달려갑니다.

희망 그거 얼마입니까?

크다고 좋은 것인가요?

작다고 나쁜 것인가요?

오래된 것이 좋은가요?

새로운 것이 좋은가요?

만드는 것이 중요해요?

키우는 것이 중요해요?

한 잔 술

한 잔 술이 보약이었기에 살 수 있었습니다.
힘들고 힘들 땐 한 잔 술이 보약이었습니다.

하지만 때론 한 잔 술이 독이기도 했습니다.
약이 되고자 마신 한 잔 술에 아파했습니다.

창수에게 한 잔 술은 약이 되어야 하는 희망.
혼자 마시는 한 잔 술에 희망을 찾아봅니다.

사랑해야
운명이다

인생

사는 게 힘들어서 재미없나요?
재미없어서 사는 게 힘드나요?

행복해서 사는 게 재미있나요?
재미있어 사는 게 행복한가요?

있고 없음은 오직 마음이지요.
행복한 마음으로 살아 보아요.

사랑해야
운명이다

달리자

머리가 복잡하면 달려야 합니다.
달리는 단순함이 해답을 주지요.

뱃살이 부담되면 달려야 합니다.
체중이 내려가듯 가벼워지지요.

마음이 약해지면 달려야 합니다.
거치른 들판에서 강함이 생겨요.

희망이 줄어들면 달려야 합니다.
힘차게 달려보면 희망이 생겨요.

성공

성공이 희망을 보장한 것이 아니라
희망이 성공을 부르는 것이 진리다.

성공이 행복을 보장한 것이 아니라
행복이 성공을 부르는 것이 순리다.

성공이 열정을 보장한 것이 아니라
열정이 성공을 부르는 것이 이치다.

도전

천천히 가는 것이 잘못된 것이 아니라
도전하지 못하는 것이 무서운 것이다.

이루지 못하는 것이 서글픈 게 아니라
성급하게 포기하는 것이 무서운 것이다.

다물라 했다

시기하는 못난 입 다물라 했다.
질투하는 못난 입 다물라 했다.

의심하는 그 마음 버리라 했다.
욕심내는 그 마음 버리라 했다.

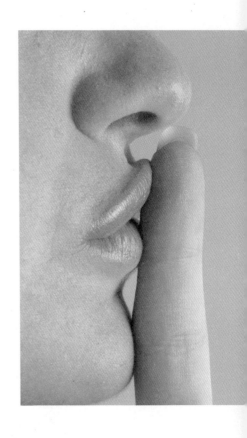

마흔 셋 노총각의 그리움

사랑에 빠져서 사랑을 그리워하나요?
사랑을 못해서 사랑을 그리워하나요?

첫사랑

떠나버린 첫사랑을 그리워하나요?
떠나보낸 첫사랑을 보고파하나요?

백수와 닭

물 한 모금 마시고 하늘 한 번 보고,
하늘 한 번 보고 물 한 모금 마시고,
마시고 기다리고 또 기다리고 마시고.

사랑**해야**
  운명**이다**

약속

결코 잊지 않겠다고 약속했나요?
맹세한 그 약속 열심히 지키나요?
언제까지 그 약속 지킬 수 있나요?

내일

설레임일까요?

두려움일까요?

기다림일까요?

행복함일까요?

사랑해야
운명이다

오늘

간절하게 기다리고 기다린 내일.
속절없이 무심코 지나가는 오늘.

대우

대우받는 것이 힘들어요?
대우하는 것이 힘들어요?

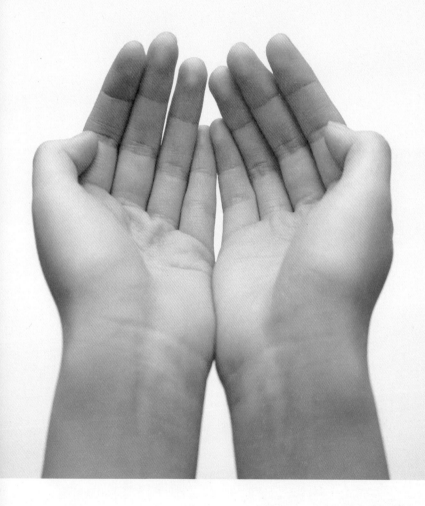

만남

처음 만나 좋은가요?
자주 만나 좋은가요?
오래 만나 좋은가요?

모름

몰라서 모르는 것인가요?
알면서 모른 척하는가요?

사랑

사랑은 채움인가요?

사랑은 비움인가요?

사랑은 나눔인가요?

마음

내가 생각하는 네 마음.
네가 생각하는 내 마음.
그 마음 같은 마음이죠?

사랑해야
운명이다

생각

많아야 좋은가요?

적어야 좋은가요?

같아야 좋은가요?

벗어야 좋은가요?

샤워

몸을 씻을까요?

맘을 씻을까요?

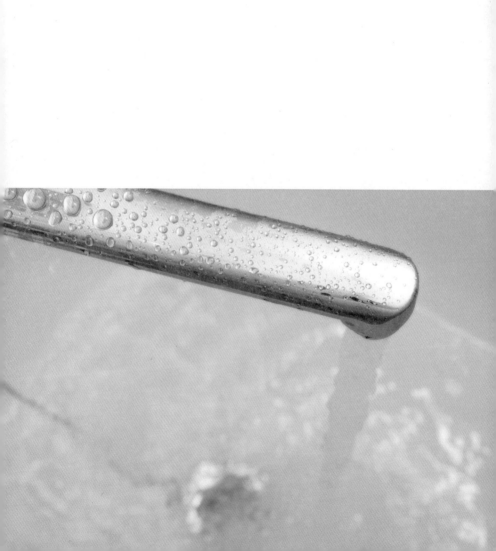

사랑해야
운명이다

아버지란 이름을 욕되게 하지 마라

꼬마 앉으라고 자리 비켜줬더니
아버지란 사람이 앉아 오락을 한다.

아버지란 사람이 커피를 쏟았기에
가방에 휴지를 꺼내 주었더니

전철 안을 난장판을 해 놓고
아버지란 사람이 가족을 데리고 내린다.

에라 몹쓸 사람아
그러고도 네가 아버지라 할 수 있냐?

눈물이 쌓여 희망이 되겠지요!

목이 메이도록 울어보셨나요?
가슴 저미도록 울어보셨나요?
눈물 마르도록 울어보셨나요?

기다림

하염없이 흐르는 눈물이 때론 보약입니다.
속절없이 지나는 시간이 때론 보약입니다.
기다리고 기다린 마음이 때론 보약입니다.

한 표

희망은 어디서 시작합니까?
기필코 한 표가 희망입니다.

희망은 결코 늦지 않습니다.
희망의 시작은 한 표입니다.

사람

세상에는 여러 종류의 개가 있다.
미쳐도 미친 줄 모르는 개가 있고,
짖어도 짖는 줄 모르는 개가 있다.

창조

조직을 바꾸는 것이 창조입니까?
생각을 바꾸는 것이 창조입니까?

생각을 바꿈이 창조의 시작이고,
생각의 실천의 창조의 실행입니다.

잊지 않겠습니다

세월이 풍경을 바꿀 수 있겠지만,
세월이 정신을 바꿀 수 없습니다.

국가가 국민을 바꿀 수 없겠지만,
국민이 국가를 위할 수 있겠지요.

조국을 위해 목숨을 바친 애국심,
순국선열의 고귀한 넋을 기립니다.

사랑해야
운명이다

꿀벌

전 세계 꿀벌의 경제적 가치가 370조.
전 세계 인구 71억 명의 가치는 얼마?

놀고먹거나 사기 치는 꿀벌은 없다는데,
꿀벌보다 못한 사람이 많은 서글픈 현실.

과거와 미래

과거에서 배워야 하되
과거에 집착하지 말자.

미래에서 희망을 갖되
미래에 열망하지 말자.

6개월

16년 근무한 잘나가던 대기업을 희망퇴직하고
대한민국 최고의 희망특강 스타강사가 되겠다고
거친 세상으로 뛰어든 지 6개월이 지났습니다.

지인 분들의 안타까움 가득한 우려의 시선처럼
무지 힘들고 어렵고 눈물 나는 날 많고 많았지만
포기하지 않고 오늘도 쉼 없이 달려가겠습니다.

사랑해야
운명이다

힘들어도 희망을 노래해요!

기쁨 가득!

행복 가득!

웃음 가득!

희망 가득!

일요일 밤

일요일 밤엔 뭐 하나요?
노총각 창수의 일요일 밤은
셔츠를 다림질하는 밤.

사랑해야
운명이다

희망은 돈이 아닌 열정

창수는 비행기도 KTX도 우등버스도 아닌
일반버스로 부산으로 열심히 달려가는 남자.

희망은 돈으로 전달하는 것이 아니라
진정성 가득한 열정으로 선물하는 것이지요.

미역국을 먹어야 생일인가요 ?

라면 한 그릇으로 미역국을 대신합니다.
혼자 먹는 아침 라면이 마음을 울리네요.

내년에는 꼭 혼자가 아니길 희망합니다.
함께 먹으면 라면이라도 행복하겠지요?

자유

후회 없이 살아온 인생.
정처 없이 떠도는 마음.
미련 없이 떠나는 발길.

사랑해서

사랑해서 아프고,
사랑해서 그립고,
사랑해서 눈물 나고,
사랑해서 행복하다.

사랑해야
운명이다

희망

사람이 싫은 거니?
가난이 싫은 거니?

운명이야 가난해도,
희망만은 넉넉한데.

희망이란 이름으로
받아주면 안되겠니?

운명

오르지 못하는 것은 태산이 아니라
나서지 못하는 한걸음 문턱일 뿐이고,

벗어나지 못하는 것은 운명이 아니라
자신이 정해놓은 생각의 굴레일 뿐이다.

에필로그

사랑해야 운명입니다!

운명을 사랑했기에 선택한 길.

16년 근무한 대기업 차장을 벗어버리고

프리랜서 강사의 길을 시작한 지 1년 6개월이 지났습니다.

그때나 지금이나 변한 것은 없습니다.

하루하루 희망으로 살아가는 것이 전부인 것에는

대기업 차장이었던 그때나 지금이나 변함이 없습니다.

단지 변한 것이 하나 있다면
16년 동안 최선을 다해 하루하루
감사한 마음으로 출근했던 회사가 없어진 것입니다.

지난 1년 6개월을 돌이켜 생각해 보면
처음에는 길 잃은 기러기처럼
정처 없이 마음은 허공을 헤맬 뿐이었습니다.

때론 많이 힘들었고,
때론 하염없이 눈물 흘린 적도 있었습니다.
그렇게 1년 6개월의 시간이 지나갔습니다.

운명을 사랑한다는 것이,
사랑하기에 운명을 받아들인다는 것이,
얼마나 눈물겨운 일임을 뼈저리게 느꼈습니다.

시간은 약이 되었습니다.
눈물겨운 이야기를 시라는 일기장에 적었고,
시간이란 이름으로 추억으로 만들어 갔습니다.

힘들다고 포기할 수 없는 이야기,
힘들다고 버릴 수 없는 이야기,
그것이 가족이라는 이름으로 살아가는 이야기입니다.

가족이라는 울타리 속에
시라는 매개체를 통해
하나하나 희망의 씨앗을 뿌리기 시작했습니다.

44년을 살아오면서
단 하루도 희망을 포기하지 않았기에
오늘도 그 희망을 향해 달리고 달립니다.

언젠가는 쨍하고 해 뜰 날 오겠지요!
언젠가는 웃어도 웃어도 시간이 부족해
밤을 새고 또 새고 그렇게 웃는 날 오겠지요!

인생은 마음의 무게라고 했던가요?
인생은 생각의 깊이라고 했던가요?
인생은 속도가 아니라 방향이라 했던가요?

마흔넷 노총각 창수의 이야기가
틀린 것이 아니라 단지 다를 뿐이기에
오늘도 감사한 마음으로 그 길을 뚜벅뚜벅 걸어갑니다.

지난 힘겨운 시간 동안
아낌없이 보내주신 관심과 격려에
항상 감사하고 또 감사한 마음입니다.

지난 해 6월 원고를 탈고하고도
출간이라는 엄두를 내지 못하고 있을 때
보내주신 힘찬 응원에 진심으로 감사드립니다.

시라는 고정관념을 벗으면 우리네 삶이 시가 됩니다.
할 수 없다는 생각의 굴레를 벗어버리면
우리 모두가 시인이 될 수 있음을 믿습니다.

저도 그러한 마음으로 감히 시인이 되고자 합니다.
잘난 인생 못난 인생이 정해지지 않은 것처럼
잘난 시 못난 시라는 형식에 얽매이지 않았습니다.

잘난 시를 쓰겠다는 생각의 굴레를 벗었습니다.
이 한 몸 잘 살아 보겠다는 욕심도 벗었습니다.
살아가는 하루하루의 열정을 담아보고자 했습니다.

때론 눈물도 있고,
때론 희망도 있고,
하지만 결코 포기하지 않는 이야기를 공유하고자 했습니다.

제가 살아가는 이야기가
어떤 한 분에게라도 희망이 될 수 있다면
그것에 감사하고 또 감사한 마음일 뿐입니다.

항상 희망이란 이름으로 살겠습니다.
우리 모두가 희망이란 이름으로 살아가면 좋겠습니다.
대한민국 방방곡곡 희망바람이 불었으면 좋겠습니다.

사랑해야 운명입니다.
운명을 사랑할 수 있다면 행복한 일입니다.
오늘도 행복한 마음으로 희망을 향해 달려가겠습니다!

보내주신 관심과 배려에
다시 한번 더 진심으로 고개 숙여 감사드립니다.
감사합니다.

2015년 7월

김창수

희망을 창조하는 김창수 저자
"사랑해야 운명이다" 편집후기

　　– **권선복**(도서출판 행복에너지 대표이사,
대통령직속 지역발전위원회 문화복지 전문위원)

　　희망을 창조하는 김창수 저자가 『생각을 벗어라』에 이어 또 다른
시집 『사랑해야 운명이다』를 탄생시켰습니다.

　　16년 동안 굴지의 대기업에 근무한 후 안전지대를 벗어나 과감
하게 퇴직을 선택하여 희망을 전달하는 프리랜서 강사로 살고 있
는 그에게는 빚더미에 시달리면서도 투병 중인 가족들을 돌봐야
했던 치열하리만치 힘든 삶의 궤적들이 있었습니다.

하지만 그 어려움들이 詩라는 언어로 승화되어 결코 포기하지 않고 하루하루를 열정적으로 살아가는, 이제는 전국을 돌아다니며 한 사람에게라도 더 많이 희망의 메시지를 전달하고자 힘쓰는 저자의 삶을 보면서 세상을 밝히는 희망의 등불이라는 생각이 들었습니다.

지금은 비록 눈앞의 어두운 현실과 마주하여 답답하지만 어둠의 터널에는 반드시 끝이 존재함을 믿어봅시다.

바로 이 책이 대한민국에 희망의 바람을 불러오는 원동력이 될 수 있기를 기대하고 독자들의 삶에 행복과 긍정의 에너지가 팡팡팡 샘솟기를 기원드리며 김창수 저자 신원보증을 확실하게 하므로 시집올 규수를 공개적으로 모집하겠습니다!

음식보다 감동을 팔아라

김순이 지음 | 값 15,000원

책 『음식보다 감동을 팔아라』는 가장 '기본적인' 것부터 지키고 그때그때 상황에 맞는 아이디어로 재치 있게 위기를 극복해내면서, 20년 넘게 외식사업을 성공적으로 이끌어 온 한 CEO의 성공 노하우와 경험담을 담고 있다. 고객은 물론 직원들마저 가족처럼 섬기는 '서번트 리더십'으로 대한민국에서 가장 성공한 음식점 사장님이 된 과정을 생생히 그려내고 있다.

곁에 두고 싶은 시

정순화 지음 | 값 15,000원

책 『곁에 두고 싶은 시』는 2010년 〈문장21〉로 등단한 정순화 시인의 첫 시집이다. 첫 작품집이라고는 믿기지 않을 만큼 단단한 내공과 뛰어난 매력으로 독자의 눈을 사로 잡는다. 읽는 즉시 단숨에 여운을 남기는 서정성은 물론, 생을 깊이 들여다보게 하는 철학적 잠언은 독자의 마음에 잔잔한 여운과 봄바람처럼 따스한 온기를 남긴다.

아버지의 인생수첩

최석환 지음 | 값 15,000원

책 『아버지의 인생수첩』은 당당하게 가장이자 아버지의 길을 걸어온 저자가 두 아들은 물론, 청년들에게 전하는 삶의 지혜와 응원의 함성을 가득 담고 있다. 취업난과 경제난 앞에서 청춘들이 길을 잃고 방황하는 요즘, 용기를 내어 먼저 손을 내밀고 청년들의 어깨를 두드려 주려는 저자의 용기는 이 시대를 살아가는 모든 아버지들에게 귀감이 될 만하다.

내 인생 주인으로 살기

박동순 지음 | 값 15,000원

책 『내 인생 주인으로 살기』는 국방부 군사편찬연구소에서 근무 중인 저자가 36년간 군 생활을 하며 후배와 동료들에게 당부하고 싶은 조언과 서로 교감했던 내용들을 담고 있다. 리더십을 바탕으로 내 인생의 주인으로 살아가기 위해, 나아가 가정을 화목하게 꾸리고 험난한 세상살이 속에서 주인의 삶을 살기 위해 필요한 사항들을 펼쳐놓는다.